Les fiches d'entraînement

4e

effaçables

Avec la collaboration de :

Mathilde Schuhmacher
Aurélie Cronier
Julien Ruffinatto
Laurie Tassy
Cyril Richard
Élodie Utecht

rue des écoles

Éditions rue des écoles – 15 Bd Bourdon, 75004 Paris
EAN : 9782820814852
Achevé d'imprimer en Turquie par Elma Basim en février 2023
Dépôt légal : mars 2023

Sommaire

1 Parmi les mots suivants, entoure ceux qui sont variables et encadre ceux qui sont invariables.

ce – écrire – calmement – elles – gentil – sa – pour – texte – mais – les – partout – enfant – un – très – à – ses – belles – maison – hier – nous – avoir – bien

2 Donne la classe grammaticale de chacun de ces mots.

ce	
écrire	
calmement	
elles	
gentil	

Mémo

La classe grammaticale d'un mot est son identité : elle ne change jamais. On distingue les classes variables, dont les mots changent de forme selon le genre et/ou le nombre, et les classes invariables, dont les mots ne changent jamais.

1 Dans chaque phrase, le groupe souligné est-il un complément essentiel ou un complément circonstanciel (facultatif) ?

a. Yves parlait à voix basse.

....

b. Madame Pépin s'adressa au vendeur.

....

2 Donne la fonction du mot ou groupe de mots souligné.

a. Le large soleil jette aux champs sa flamme cuisante.

A. Épithète B. Complément du nom C. Apposition

b. Les fermes normandes semblent de petits bois, enfermées dans leur ceinture de hêtres élancés.

A. Épithète B. Complément du nom C. Apposition

Mémo

Dans une phrase, un mot ou un groupe de mots joue un rôle, le plus souvent par rapport à un verbe : c'est sa fonction. Il existe des fonctions essentielles et des fonctions facultatives.

❶ La proposition soulignée est-elle une subordonnée relative ?

a. Nous nous sommes arrêtés dans une clairière <u>où nous avons pique-niqué</u>.

OUI NON

b. Avez-vous constaté <u>que les jours raccourcissent</u> ?

OUI NON

❷ Dans les phrases suivantes, mets la proposition subordonnée relative entre crochets, souligne le pronom relatif et donne sa fonction.

a. Le tableau que nous lui avons offert lui a beaucoup plu.

b. Nous sommes retournés dans le village où nous avons grandi.

c. Il n'est pas d'accord avec les changements dont nous avons pourtant beaucoup discuté.

Mémo

Une proposition subordonnée est une proposition qui dépend d'une proposition principale. Elle est introduite par un mot subordonnant comme *que, qui, quand, lorsque, parce que, bien que...*

1 À quelle classe grammaticale le mot subordonnant entre crochets appartient-il ?

a. J'ai longtemps vécu sous de larges portiques/[Que] des soleils marins teignaient de mille feux. (Charles Baudelaire)

A. Pronom relatif B. Conjonction de subordination

b. J'ai rêvé [que] je marchais vite/Sur les routes du Tyrol [...]. (Paul Éluard)

A. Pronom relatif B. Conjonction de subordination

2 Dans les phrases suivantes, mets la proposition subordonnée conjonctive entre crochets et souligne le verbe qu'elle complète. Indique ensuite la nature de ces subordonnées conjonctives.

a. Le chien aboie quand une voiture passe.

A. Complétive B. Interrogative indirecte C. Circonstancielle

b. Léa aimerait que tu viennes demain.

A. Complétive B. Interrogative indirecte C. Circonstancielle

Mémo

Il faut repérer les mots subordonnants et couper la phrase en propositions : la principale et la subordonnée (ou les subordonnées).

❶ Vrai ou faux ?

a. Dans un récit, le passé simple sert à présenter les faits de second plan et l'imparfait, les faits de premier plan.

VRAI FAUX

b. Dans la phrase « Il se levait chaque jour à cinq heures du matin », l'imparfait a une valeur d'habitude.

VRAI FAUX

❷ Conjugue les verbes entre parenthèses au passé simple ou à l'imparfait, selon le sens.

Un homme s'éloignait d'un pas rapide. Elles le .... (voir) qui .... (passer) près de l'ancienne chapelle et qui .... (se diriger) vers une petite porte dont le mur était percé. Cette porte .... (*devoir*) être ouverte car l'homme .... (disparaître) subitement, et elles n' .... (entendre) point le grincement habituel des gonds.

Mémo

Dans un texte au passé, on alterne entre passé simple et imparfait, car ces deux temps n'ont pas la même utilité, la même valeur. Il faut connaître les valeurs de ces deux temps afin de savoir lequel utiliser au bon moment.

❶ Relie chaque temps à sa construction.

passé composé •	• auxiliaire au passé simple + participe passé
plus-que-parfait •	• auxiliaire à l'imparfait + participe passé
passé antérieur •	• auxiliaire au présent + participe passé

❷ Conjugue les verbes entre parenthèses au temps composé approprié, en t'aidant du contexte.

a. Ma mère plie le drap que nous .... (utiliser) la nuit dernière.

b. Quand tu .... (finir) tes devoirs, tu pourras aller jouer.

Mémo

Les quatre temps composés de l'indicatif sont formés de l'auxiliaire *avoir* ou *être* conjugué aux temps simples, suivi du participe passé du verbe.

1 Indique le type de discours introduit par les verbes de déclaration mis en valeur.

a. Le détective appela son partenaire et lui demanda d'apporter le dossier Johnson.

....

b. « Le voilà, dit-il en entrant. Cette affaire n'est-elle pas classée ? »

....

c. Le détective s'emporta : décidément, il ne suivait jamais rien !

....

d. « On ne peut jamais rien demander ! » s'agaça son partenaire en sortant de la salle.

....

Mémo

Dans un texte, on est souvent amené à rapporter des paroles d'un ou de plusieurs personnages. On a le choix entre le discours direct, le discours indirect et le discours indirect libre. Il faut savoir les utiliser et les reconnaître.

1 Relie chaque phrase au mot manquant correspondant.

Ne parle pas ... fort !	•	•	ni
Je ... vois aucun inconvénient.	•	•	n'y
Il ne fait ... chaud ... froid.	•	•	si
Il finira bien par ... faire.	•	•	s'y

2 Dans chaque phrase, écris la forme qui convient entre *si* et *s'y*.

a. Jeanne est partie en Angleterre. Elle .... plaît énormément.

b. Appelle-moi .... nécessaire.

c. Il n'a pas su .... attacher.

Mémo

Dans la langue française, les homophones sont nombreux et fréquents. Ce sont des mots qui ont la même prononciation mais qui ne s'écrivent pas de la même façon.

1 Associe chaque mot dont le préfixe est issu du grec à sa définition.

antivol •	• qui coupe le vers en deux moitiés égales
parasol •	• qui permet d'empêcher le vol
hémistiche •	• objet qui protège du soleil
hypermarché •	• très grand supermarché

2 Associe chaque mot dont le suffixe est issu du grec à sa définition.

mythomane •	• qui a l'obsession d'inventer des histoires
centimètre •	• fait d'avoir contracté plusieurs mariages
polygamie •	• pouvoir des riches
ploutocratie •	• mesure : centième d'un mètre

Mémo

Le radical est la base, la racine, qui contient le sens principal du mot. Le préfixe s'ajoute devant le radical et le suffixe s'ajoute derrière le radical pour former un mot dérivé.

1 Relie chaque extrait à la figure d'analogie correspondante.

a. Sa barbe était d'argent comme un ruisseau d'avril. (Victor Hugo) •	• comparaison
b. Le soleil aussi attendait Chloé. (Boris Vian) •	• métaphore
c. L'Habitude venait me prendre dans ses bras. (Marcel Proust) •	• personnification
d. Un gros serpent de fumée noire. (Guy de Maupassant) •	• allégorie

2 Ces phrases contiennent-elles des antithèses ou des oxymores ?

a. Zazie se tient de grands discours avec sa petite voix intérieure. (Raymond Queneau)

....

b. Être le jour qui monte et l'ombre qui descend. (Anna de Noailles)

....

Mémo

Une figure de style est une façon d'écrire originale qui permet de rendre le propos plus expressif, plus vivant ou encore plus convaincant. Il en existe plein !

Décrire une image

Eugène Delacroix, *La Liberté guidant le peuple*, 1830, peinture à l'huile, 260 x 325 cm, Paris, musée du Louvre.

A. Les couleurs sont globalement ❑ **claires** ❑ **sombres**. Le rouge très ❑ **vif** ❑ **pâle** du drapeau ressort particulièrement : cela crée un effet ❑ **d'harmonie** ❑ **de contraste**.

B. La lumière provient du ❑ **haut** ❑ **bas** du tableau.

C. Le tableau est construit ❑ **selon des lignes horizontales** ❑ **selon des lignes verticales** ❑ **selon un schéma pyramidal**. ❑ **Le premier plan** ❑ **L'arrière-plan** est composé de personnages horizontaux, et de trois personnages verticaux ; ❑ **le premier plan** ❑ **l'arrière-plan** est composé, ❑ **à gauche** ❑ **à droite**, d'une foule de personnages flous, et, ❑ **à gauche** ❑ **à droite**, d'une ville.

Carte mentale : la phrase complexe

....

Deux propositions reliées par un signe de ....

....

Exemple : ....

La phrase complexe

Elle contient au moins .... propositions reliées par :

....

Deux propositions reliées par une ....

.... ou par un ....

Exemple : ....

1 Donne tous les diviseurs des nombres ci-dessous :

18 : ....

40 : ....

2 Dans la liste suivante, entoure les nombres premiers :

18 – 29 – 39 – 71 – 81 – 91 – 99 – 157 – 167 – 177 – 187

3 Complète les décompositions en produits de facteurs premiers des nombres suivants :

88 = ... × .... × .... × ....

300 = ... × .... × .... × .... × ....

225 = ... × .... × .... × ....

Mémo

Un nombre premier est un nombre entier naturel (supérieur ou égal à 2) qui admet exactement deux diviseurs : 1 et lui-même.

1 Effectue les calculs ci-dessous :

$A = -5 + 7 - (-4) - 8$

$A =$ ....

$B = -2 \times 6 \times (-5) =$ ....

$C = (-1)^{2022} =$ ....

$D = -15 \div (-2) =$ ....

$E = \dfrac{36}{-9} =$ ....

$F = -6 + 4 \times (-9)$

$F =$ ....

Mémo

Lorsqu'on veut effectuer un enchaînement d'opérations avec les nombres relatifs, on doit respecter les priorités opératoires (les calculs entre parenthèses, puis les multiplications et les divisions et pour finir les additions et les soustractions).

1 Effectue les calculs ci-dessous et simplifie au maximum les résultats :

$A = \frac{9}{13} - \frac{5}{13} =$ ....

$B = \frac{-7}{9} + \frac{5}{9} =$ ....

$C = 1 - \frac{7}{3} =$ ....

$D = \frac{-7}{4} \times \frac{8}{21} =$ ....

$E = \frac{2}{3} \times \frac{9}{5} \times \frac{25}{4} =$ ....

....

Mémo

Lorsqu'on multiplie, ou divise, le numérateur et le dénominateur d'une fraction par un même nombre non nul, on obtient une fraction qui est égale à la fraction précédente.

❶ Complète les égalités suivantes avec les règles de calcul des puissances de 10 :

$10^7 =$ ....

$10^3 \times 10^5 = 10$ ....

$\frac{10^{-8}}{10^2} = 10$ ....

❷ Écris les deux premiers nombres sous forme décimale et les deux derniers en notation scientifique :

$A = 3{,}45 \times 10^5 =$ ....

$B = 345 \times 10^{-3} =$ ....

$C = 5\,428 =$ ....

$D = 0{,}0753 =$ ....

Mémo

Si a désigne un nombre relatif et n un nombre entier avec $n \geq 2$, alors a^n désigne le produit de n facteurs égaux à a : $a^n = a \times a \times ... \times a$.

❶ Calcule la valeur des expressions suivantes avec les nombres proposés :

- $A = 2a + 3b - 4$ lorsque $a = -4$ et $b = 10$:

$A =$ ....

- $B = 5x^2 - x + 2$ lorsque $x = 2$:

$B =$ ....

❷ Résous les équations ci-dessous :

a. $-3 + x = 2x - 7$: ....

....

b. $7x - 5 = 2x - 8$: ....

....

Mémo

Une expression littérale est une expression dans laquelle un ou plusieurs nombres inconnus ou dont la valeur peut varier sont désignés par des lettres.

❶ On a commencé à remplir le tableau ci-dessous pour créer un diagramme circulaire, complète les cases restées vides.

Lieu	Fréquence (en %)	Mesure de l'angle (en °)
Mer	30	....
Montagne	55	....
Campagne	....	....
Total	....	360°

❷ Dans cette situation, donne la médiane de la série.

Notes	3	4,5	6	7,5	9
Effectifs	2	3	1	2	1

....

....

Mémo

Dans une série de données, l'effectif d'une donnée est le nombre de fois où elle apparaît. L'effectif total est le nombre total de valeurs de la série statistique.

1 On tire au hasard une carte dans un jeu de 32 cartes. Complète chacune des phrases ci-dessous.

Cette expérience possède .... issues.

On a .... chance(s) sur .... de tirer un As.

On a .... chance(s) sur .... de tirer une carte de la famille Carreau.

On a .... chance(s) sur .... de tirer une carte de couleur noire.

Mémo

Une expérience aléatoire est une expérience que l'on peut reproduire dans les mêmes conditions et dont on connaît tous les résultats possibles, sans pouvoir dire avec certitude lequel se produira. Ces résultats possibles sont appelés des issues.

1 Pour chaque tableau, donne le coefficient de proportionnalité et complète la case vide.

24	40
7,2	....

10	12
....	14,4

18	....
45	75

Les coefficients de proportionnalité sont .... ,

.... et ....

2 Calcule les montants en euros ou les taux en % pour compléter les phrases suivantes.

Un article marqué 163 euros est vendu 114,10 euros.

Montant de la réduction : ....

Pourcentage correspondant : ....

L'article subit une nouvelle réduction de 10 %. Nouveau prix : ....

Quel est le pourcentage total de réduction par rapport au prix de départ ?

.... %.

Mémo

On dit que deux grandeurs sont proportionnelles si les valeurs de l'une s'obtiennent en multipliant les valeurs de l'autre par un même nombre.

1 On étudie les trois triangles ABC, CDE et EFG ci-dessous. On sait que le triangle CDE est une réduction du triangle ABC de rapport 0,8 et que le triangle EFG est une réduction du triangle CDE dont on ne connaît pas le rapport.

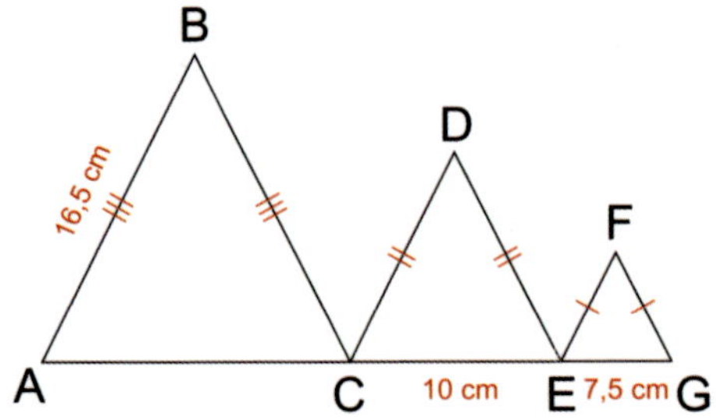

La mesure du côté [CD] est : ....

Le rapport de réduction pour passer du triangle CDE au triangle EFG est : ....

La mesure du côté [EF] est de : ....

Le rapport de réduction pour passer du triangle ABC au triangle EFG est : ....

Mémo

Une figure F' est l'agrandissement ou la réduction d'une figure F si leurs formes sont identiques et si les longueurs des côtés de la figure F' sont proportionnelles à celles de la figure F.

Théorème de Pythagore

1 En t'appuyant sur les carrés parfaits, complète les égalités suivantes.

$0{,}9^2 =$ .... ; $\left(\frac{2}{10}\right)^2 =$ .... ; $\sqrt{0{,}36} =$ ....

et $\sqrt{\frac{144}{25}} =$ ....

2 Soit un segment [BC] de 6 cm et soit M son milieu. Soit *d* la médiatrice de [BC]. On place ensuite le point A sur la droite *d* tel que AB = 5 cm. Fais un dessin puis complète le raisonnement suivant pour calculer AM.

Dans le triangle .... rectangle en .... ,

d'après le théorème de Pythagore, on a : [...................... $]^2$

= [...................... $]^2$ + [...................... $]^2$; soit [..................... $]^2$

= [...................... $]^2$ – [...................... $]^2$.

Donc $AM^2 =$ .... et ainsi on obtient AM = ...

Mémo

Théorème de Pythagore : dans un triangle rectangle, le carré de la longueur de l'hypoténuse est égal à la somme des carrés des longueurs des deux côtés de l'angle droit.

1 On étudie la figure suivante, dans laquelle (BD) // (FG). On donne CD = 4 cm, CB = 3 cm, AC = 3,2 cm et EG = 7 cm. Complète le raisonnement ci-dessous.

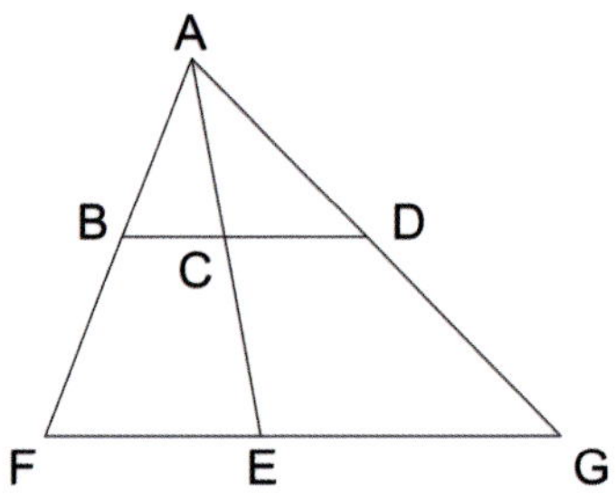

• Dans le triangle AGE, les droites (..............) et (................) sont parallèles.

On a donc les égalités de Thalès :

$\frac{\dots}{\dots} = \frac{\dots}{\dots} = \frac{\dots}{\dots}$, soit .....

$\frac{\dots}{\dots} = \frac{\dots}{\dots} = \frac{\dots}{\dots}$

On obtient alors : AE = ...

• Dans le triangle AFE, les droites (..............) et (............) sont parallèles.

On a donc les égalités de Thalès : $\frac{\dots}{\dots} = \frac{\dots}{\dots} = \frac{\dots}{\dots}$,

soit $\frac{\dots}{\dots} = \frac{\dots}{\dots} = \frac{\dots}{\dots}$

On obtient alors : EF = ...

1 Le solide ci-dessous est un pavé droit. Complète les phrases suivantes.

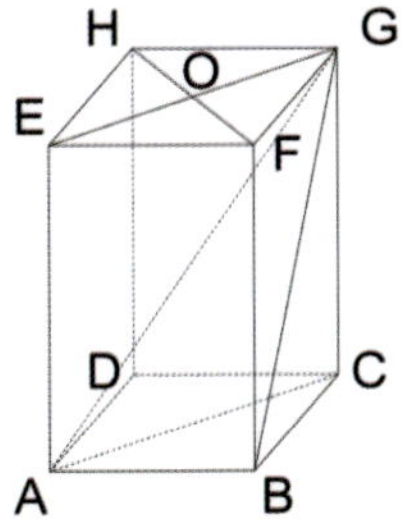

La pyramide ABCG est une pyramide à base ....

.... et de hauteur [............].

La pyramide ACGD est une pyramide à base ....

.... et de hauteur [............].

La pyramide ABCDO est une pyramide ....

à base ....

Mémo

Dans un pavé droit, on place un repère formé par trois arêtes ayant un sommet commun : l'origine du repère.
On note ce repère (A ; I, J, K), où A est l'origine du repère, I correspond à l'unité des abscisses, J à l'unité des ordonnées et K à l'unité des altitudes.

Utilisation des logiciels

1 Un élève a construit le script suivant lors d'un chapitre de géométrie en classe de 4e.

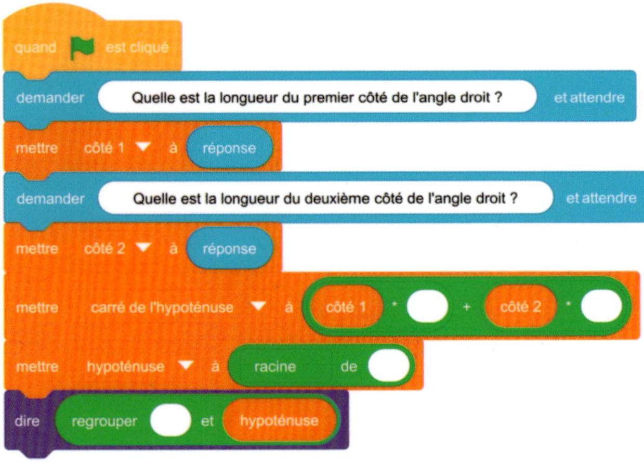

Complète les phrases ci-dessous.

- Ce programme sert à calculer ....

....

- Compléter les cases vides de la ligne 6 du script :

[.......................] et [.......................].

- Compléter la case vide de la ligne 7 du script : [...............

....].

- Compléter la case vide de la ligne 8 du script : [...............

....].

Carte mentale : les volumes

Deux bases parallèles $V = B \times h$

Pavé droit

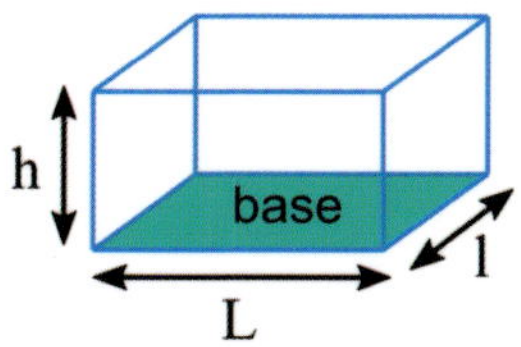

$V =$ ....

....

Cylindre

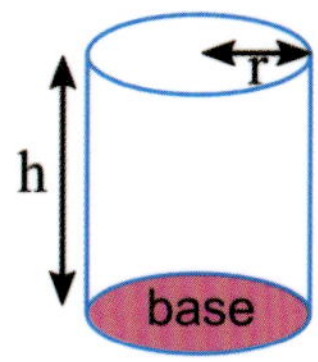

$V =$ ....

....

Sphère

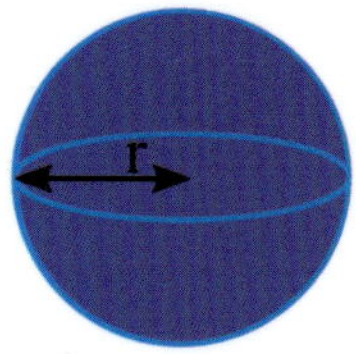

$V =$ ....

....

Une base + un sommet principal $V = \dfrac{B \times h}{3}$

Pyramide

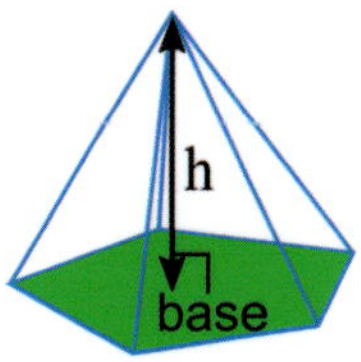

$V =$ ....

....

Cône de révolution

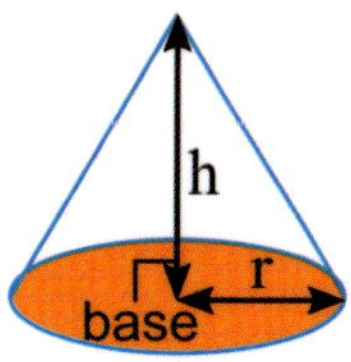

$V =$ ....

....

1 Le commerce atlantique permet l'essor…

A. de la bourgeoisie.

B. de la noblesse.

C. du tiers état.

2 La colonisation se définit comme…

A. la conquête et l'exploitation d'un territoire étranger.

B. l'établissement d'un pays en dehors de son continent.

C. la confiscation ou la destruction d'un territoire.

Mémo

Entre les XVIIIe et XIXe siècles, 11 millions d'esclaves africains traversent l'Atlantique pour travailler dans les plantations. Des philosophes des mouvements des Lumières, comme Voltaire, dénoncent l'esclavage.

❶ Parmi ces régimes politiques, lesquels sont favorables aux idées des Lumières ?

A. Les monarchies absolues

B. Les monarchies parlementaires

C. Les républiques

❷ Comment sont appelés les rois et monarques protégeant les philosophes et leurs idées ?

A. Les despotes éclairés

B. Les rois illuminés

C. Les rois de droit divin

Mémo

Durant le XVIIIe siècle, l'essor du commerce et de la manufacture permet à la bourgeoisie de disposer d'une certaine importance matérielle, morale et intellectuelle dans la société de l'Ancien Régime.

1 La prise de la Bastille aboutit à la fin du pouvoir pour le roi Louis XVI.

Vrai Faux

2 Associe la date à l'événement.

1. Mai 1789 •	• **a.** Prise de la Bastille
2. 20 juin 1789 •	• **b.** La Terreur
3. 14 juillet 1789 •	• **c.** Proclamation de la Ire République
4. Septembre 1792 •	• **d.** Réunion des états généraux par Louis XVI
5. Septembre 1793-juillet 1794 •	• **e.** Serment du Jeu de paume
6. 1804 •	• **f.** Instauration de l'Empire

Mémo

Le siècle des Lumières entraîne la remise en cause de la société de l'Ancien Régime. Certains voient les États-Unis comme un pays modèle, fondé sur l'égalité des droits et les libertés accordées aux citoyens.

❶ La révolution industrielle est liée à :

A. L'invention de la machine à vapeur

B. L'invention du moteur à explosion

C. La découverte de l'électricité

❷ Quels secteurs économiques sont liés à la révolution industrielle du XVIIIe siècle ?

A. Le textile

B. La sidérurgie

C. L'automobile

Mémo

La période des Lumières est une période de remise en cause des croyances et du monde du XVIIIe siècle. Ce mouvement s'accompagne aussi d'avancées scientifiques et techniques.

Conquêtes et sociétés coloniales

1 Quand la colonisation débute-t-elle ?

A. Au XVIe siècle B. Au XVIIIe siècle

2 Complète le texte suivant.

Les .... possèdent l'empire colonial le plus étendu au monde : celui-ci s'étend en Amérique (avec sa présence au ....), en Afrique (avec ....), en Asie (dans les ....).

Les Français sont essentiellement présents sur le continent .... et, dans une moindre mesure, sur celui de l' ....

L'Algérie, Madagascar et l'Indochine sont des

....

parmi les plus étendues.

Mémo

À partir du XVIe siècle, l'Europe établit des colonies dans les Amériques et sur les côtes africaines et asiatiques. La révolution industrielle renforce la domination maritime, technologique et économique de l'Europe.

❶ La IIIe République naît…

A. après une révolution et un soulèvement populaire.

B. après la défaite militaire de la France en 1870.

❷ Complète le schéma suivant afin de rendre compte des forces et faiblesses de la IIIe République lors de la période allant de 1870 à 1914.

La IIIe République de 1870 à 1914

Des crises et des faiblesses :	Un enracinement et des avancées :
....	....
....	....
....	....
....	....
....	....
....	....
....	....

1 Les droits des femmes ne cessent de progresser au cours du XIXe siècle.

Vrai Faux

2 La IIIe République accorde le droit de vote aux femmes.

Vrai Faux

3 Les femmes fondent leurs propres associations afin de s'organiser et faire progresser leurs droits.

Vrai Faux

Mémo

Au XIXe siècle, l'extension du droit de vote, la liberté de la presse et l'instauration d'une culture civique dans le cadre de l'école publique et gratuite permet à de plus en plus de citoyens de participer à la vie publique.

Carte mentale : les régimes politiques (1715-1914)

Les régimes politiques (1715-1914)

Monarchie ....

- Le pouvoir émane du ....
Il est le seul décideur, aidé par

des conseillers et les parlements du royaume.
- Mais l'autorité royale est limitée par des lois et coutumes, comme

le respect du ....

....

Monarchie ....

....

- Le 20 juin 1789, des députés des états généraux se proclament Assemblée nationale : c'est le

serment du ....

....

- Dès lors, le roi voit ses pouvoirs partagés avec une assemblée de représentants élus.

Empire

- Le Premier et le Second Empire

reposent sur une ....

....

confiant la direction de l'État à

un ....

- Il dispose d'une autorité étendue et supérieure aux pouvoirs confiés aux assemblées des représentants.

....

- Les constitutions républicaines confient les pouvoirs à un ensemble de représentants désignés

ou ....
par des électeurs.

- Le pouvoir ....

....

peut être confié à un président ou à un ensemble de représentants.

Se repérer dans le temps

....

Déclaration d'Indépendance des États-Unis

....

Début de la Révolution française

....

Déclaration des droits de l'Homme et du citoyen

....

Entrée en guerre de la France révolutionnaire

....

Napoléon Bonaparte au pouvoir

....

Chute du Second Empire/ Proclamation de la IIIe République

....

Jules Ferry et l'école gratuite, laïque et obligatoire

....

Affaire Dreyfus

....

Exposition universelle de Paris

....

Séparation des Églises et de l'État

❶ Une mégapole...

A. est une très grande ville.

B. est une vaste région réunissant plusieurs grands centres urbains.

C. est une agglomération de plus de 10 millions d'habitants.

❷ La ségrégation spatiale est liée...

A. à la présence importante de personnes pauvres dans une ville.

B. à la concentration des richesses et des activités au sein de la ville.

C. aux inégalités économiques visibles entre les différents quartiers d'une ville.

Mémo

Les villes concentrent les personnes, mais reflètent aussi leur diversité et les inégalités. Les différents quartiers d'une ville, les paysages illustrent les fonctions différentes de la métropole : habiter, travailler, etc.

1. **La ville-monde est forcément une ville parmi les plus peuplées.**

Vrai Faux

2. **Toutes les villes ne cessent de voir leur population augmenter.**

Vrai Faux

3. **Une mégalopole est une ville abritant plusieurs millions d'habitants.**

Vrai Faux

Mémo

Certaines villes ne cessent de voir leur population augmenter et leur superficie s'étendre. La mondialisation encourage la ségrégation spatiale des grandes métropoles.

❶ Quelle région du monde accueille le plus de touristes internationaux ?

A. L'Amérique

B. L'Asie

C. L'Afrique et le Moyen-Orient

D. L'Europe

❷ Combien de touristes franchissent chaque année une frontière ?

A. 20 millions

B. 100 millions

C. un milliard

Mémo

La mondialisation favorise les échanges et les déplacements. Flux d'informations, commerce, déplacements des personnes sont favorisés par la révolution des transports et des techniques.

1 Associe à chaque espace maritime l'enjeu économique source de tensions ou de conflits.

A. Golfe Persique •	• **a.** Contrôle d'une future route maritime mondiale et de zones de gisements miniers et pétroliers.
B. Océan Arctique •	• **b.** Contrôle de la route mondiale des hydrocarbures.
C. Mer de Chine •	• **c.** Extension de la ZEE et contrôle des passages des porte-conteneurs.

2 Qu'est-ce qu'une ZEE ?

A. Un espace maritime sur lequel un État exerce le contrôle des passages des marchandises et des passagers.

B. Un espace maritime sur lequel un État exerce des droits exclusifs d'exploration et d'usage des ressources.

C. Un espace maritime sur lequel un État ne peut prétendre à aucune revendication (les eaux internationales).

Mémo

Les littoraux sont des espaces très fréquentés notamment par les touristes internationaux. Ils constituent des interfaces indispensables aux échanges.

1 Que signifie le terme CBD ?

A. City district of business

B. Central business district

C. Quartier central des affaires

D. Quartiers des banlieues défavorisées

2 Sur quelle interface maritime se localise la mégalopolis ?

A. L'interface du Pacifique

B. L'interface de l'Atlantique

C. L'interface du golfe du Mexique

Mémo

Les États-Unis constituent l'exemple de l'État inséré dans la mondialisation. Les flux, les lieux de décisions et de commandement se concentrent sur son territoire.

Carte mentale : mondialisation et territoires

Un territoire intégré à la mondialisation connaît…

La ....

En raison de l'importance prise par

le..............................

....

dans les échanges mondiaux de marchandises, les activités humaines tendent à se déplacer vers les littoraux ou à s'y créer.

La métropolisation

C'est la ....

.... croissante de la population et des

activités dans ....

....

....

Les villes accueillent une part de plus en plus importante de la population du pays.

La ....

C'est l'attraction des États pour les mers et océans. Elle accroît

....

....

des richesses maritimes.

Carte mentale : la loi

La loi

Fixe les règles de fonctionnement de la société

La société se définit comme l'ensemble des .... vivant ensemble.

Pour régir les relations, il faut des règles fixées par les ....

Me protège et protège ....

Dans la société, les individus sont différents et plus ou moins fragiles.

La loi permet de protéger tout le monde afin que chacun puisse profiter de sa ....

Punit, sanctionne, commande

Dans la société, certains comportements menacent d'autres membres.

La loi rappelle à l'individu coupable comme à la société ce qui est .... et ce qui ne l'est pas.

❶ Que représentent les sphères colorées dont le glucose est constitué ?

A. des atomes

B. des molécules

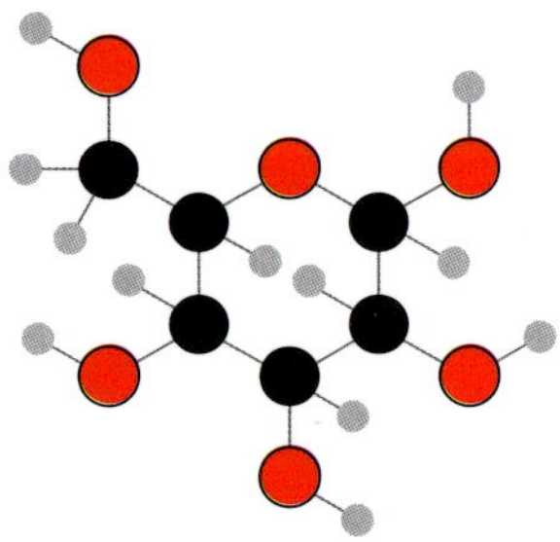

Molécule de glucose

❷ Relie chaque exemple au type de transformation qui convient.

1. L'eau qui bout •

2. La décoloration d'un jean par de l'eau de Javel •

3. La combustion du gaz de ville •

4. Le beurre qui fond dans la poêle •

5. Le trouble de l'eau de chaux •

• **A.** transformation physique

• **B.** transformation chimique

Mémo

Toute la matière est constituée d'atomes.

1 Le vent qui souffle sur un cerf-volant est :

A. une action à distance.

B. une action de contact.

C. aucune des deux.

2 Nomme les forces qui s'exercent sur un homme qui est suspendu dans l'atmosphère par un élastique.

A. ....

B. ....

C. ....

Mémo

Une force est une action mécanique que l'on représente par un segment fléché.

1 Le circuit suivant est :

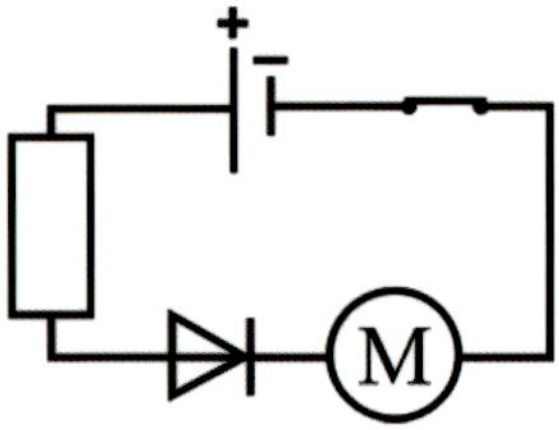

A. en série.

B. en dérivation.

C. ni l'un ni l'autre.

2 Convertis 0,02 A en mA.

A. 0,02 A = 2 000 mA

B. 0,02 A = 0,020 mA

C. 0,02 A = 20 mA

Mémo

Sur une pile, 4,5 V et 6 V correspondent à la tension délivrée par les piles. Le courant électrique est un déplacement de particules électriques, il peut être comparé au débit d'une rivière.

❶ La lumière se propage :

A. dans tous les milieux.

B. dans les milieux transparents et homogènes.

C. dans le vide.

❷ Véga est une étoile située à 25 années-lumière de la Terre. Cela signifie que :

A. sa lumière met 25 années à nous parvenir.

B. Véga est à 25 années de la Terre.

C. Véga est à 25 secondes de la Terre.

Mémo

La lumière se propage en ligne droite dans le vide : on parle de propagation rectiligne de la lumière. On modélise le trajet de la lumière par une droite imaginaire appelée rayon lumineux.

1 Comment détermine-t-on un risque sismique ?

A. En fonction de la zone susceptible d'être menacée seulement

B. En fonction de la densité de la population seulement

C. En fonction de la densité de la population et de la zone géographique

2 Relie le type de faille avec son mouvement

Faille inverse •	• Une extension
Faille normale •	• Une compression
Faille transformante •	• Un décrochement

Mémo

Les séismes ont lieu en limites de plaques tectoniques et sont le résultat de contraintes en profondeur.

❶ À quoi correspond la nutrition des animaux ?

A. À l'apport de dioxyde de carbone aux organes et au rejet de dioxygène et nutriments

B. À l'apport de dioxygène aux organes et au rejet de dioxyde de carbone et nutriments

C. À l'apport de dioxygène et nutriments aux organes et au rejet de dioxyde de carbone

❷ Quels sont les besoins des végétaux chlorophylliens pour produire de la matière organique ?

A. Il faut de l'eau (sans sels minéraux), du dioxyde de carbone et de la lumière.

B. Il faut de l'eau (avec sels minéraux), du dioxyde de carbone et de la lumière.

C. Il faut de l'eau (avec sels minéraux), du dioxygène et de la lumière.

Mémo

Les micro-organismes, aussi appelés « microbes », sont des organismes vivants microscopiques présents dans notre environnement ou au sein de l'organisme. Ce sont en grande partie des bactéries, des champignons microscopiques ou des virus.

1 Indique par des flèches le trajet des spermatozoïdes dans l'appareil reproducteur masculin.

Tube séminifère

Canaux déférents

Prostate

Épididyme

Uretère

Urètre

2 Indique par des flèches le trajet des spermatozoïdes dans l'appareil reproducteur féminin.

Utérus

Pavillon

Col de l'utérus

Trompe de Fallope

Vagin

Ovaire

Carte mentale : la circulation sanguine

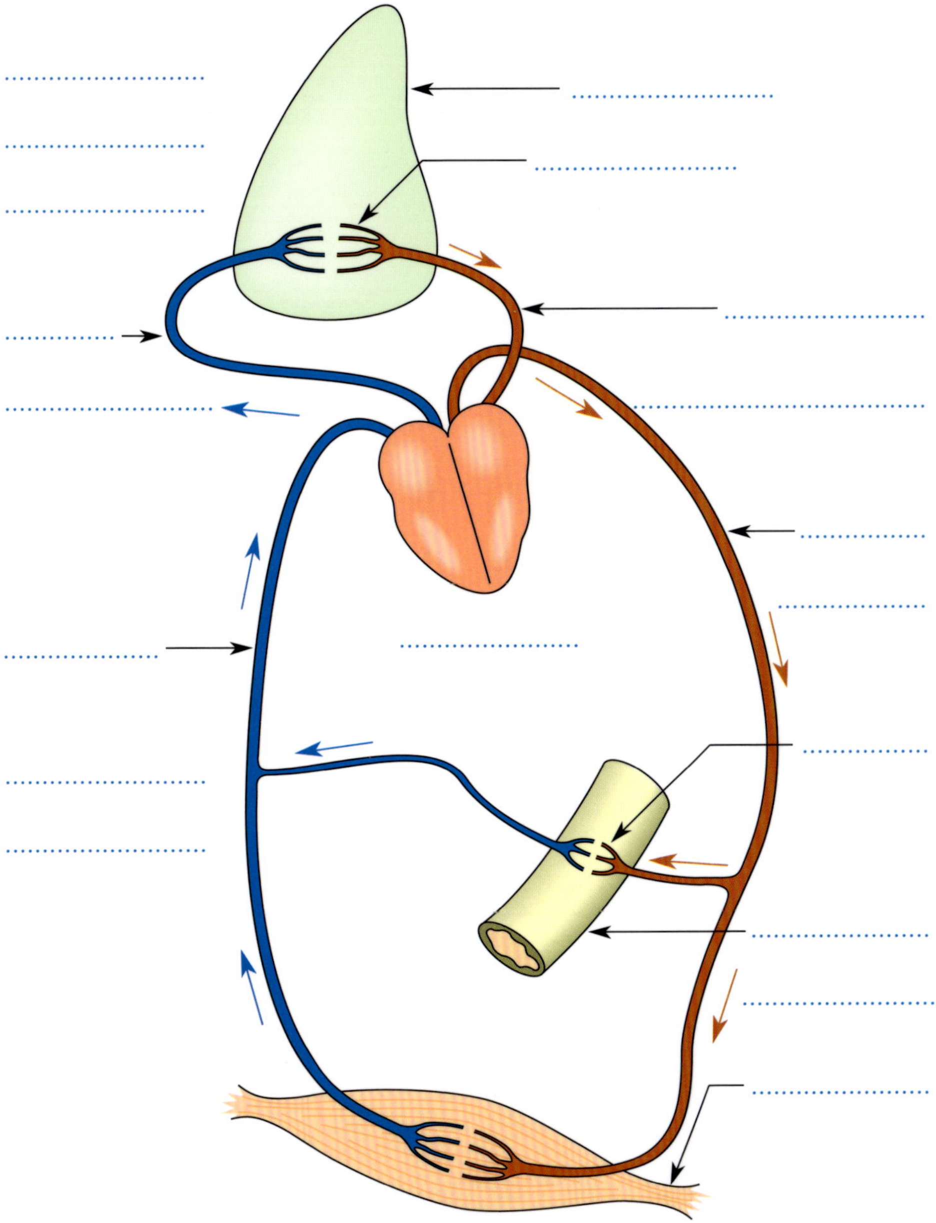

1 Une carte routière à l'échelle 1/250 000 signifie que :

A. 1 km en réalité vaut 250 000 cm sur la carte

B. 1 cm sur la carte vaut 250 000 cm en réalité

C. 1 cm sur la carte vaut 2,5 km en réalité

2 Un plan à l'échelle 3/1 est :

A. un agrandissement

B. une réduction

C. identique à l'objet réel

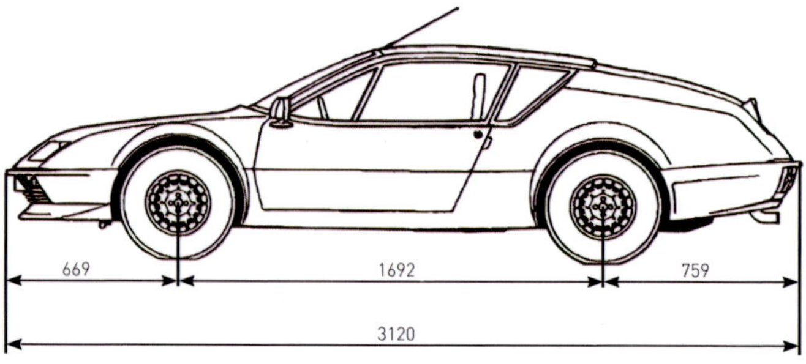

Mémo

3D : 3 dimensions : représentation en volume sur les axes x, y et z.
2D : 2 dimensions : représentation plane, en vue de dessus ou en coupe par exemple, sur les axes x et y.

1 En France, la majeure partie de l'électricité issue d'énergies renouvelables est produite par :

A. les éoliennes

B. les panneaux photovoltaïques

C. les barrages hydroélectriques

D. les micro-centrales à biomasse

2 Quelles sont les sources d'énergie non renouvelables ?

A. l'énergie éolienne

B. l'énergie pétrolière

C. l'énergie électrique

D. l'énergie nucléaire

Mémo

Énergie non renouvelable : une énergie est dite non renouvelable lorsque ses réserves s'épuisent de façon irréversible. Elles sont souvent très polluantes. Énergie secondaire : subit une transformation permettant de l'exploiter sous une autre forme.

1 À quoi sert un capteur dans la chaîne d'information ?

A. acquérir

B. traiter

C. communiquer

D. transmettre

2 Quel système permet de stocker de l'énergie électrique ?

A. un réservoir

B. les fils électriques

C. un moteur

D. une batterie

Mémo

Information : consignes de l'utilisateur, résultats de capteurs, consignes électroniques... généralement sous forme d'un signal électrique dans un fil ou une onde électromagnétique. Énergie : l'énergie est ce qui permet une action comme produire de la chaleur, un mouvement, de la lumière...

1 Quel est le matériel qui permet la connexion à Internet ?

....

....

2 Quel matériel permet de connecter tous les ordinateurs d'un réseau entre eux ?

....

....

3 Quelle est la topologie d'un réseau type collège ?

....

....

4 Comment s'appelle l'adresse d'un ordinateur sur Internet ou sur un réseau ?

....

....

Français

Page 4

1. Mots variables : ce – écrire – elles – gentil – sa – texte – les – enfant – un – ses – belles – maison – nous – avoir. Mots invariables : calmement – pour – mais – partout – très – à – hier – bien.
2. ce = déterminant ; écrire = verbe ; calmement = adverbe ; elles = pronom personnel ; gentil = adjectif.

Page 5

1. a. complément circonstanciel ; b. complément essentiel.
2. a. A. épithète (postposé) ; b. C. apposition.

Page 6

1. a. oui (elle complète le nom clairière) ; b. non (elle complète le verbe avez constaté et non un pronom ou un nom).
2. a. Le tableau [<u>que</u> nous lui avons offert] lui a beaucoup plu. que (qui a pour antécédent tableau) = COD ; b. Nous sommes retournés dans le village [<u>où</u> nous avons grandi]. où (qui a pour antécédent village) = CCL ; c. Il n'est pas d'accord avec les changements [<u>dont</u> nous avons pourtant beaucoup discuté]. dont (qui a pour antécédent changements) = COI.

Page 7

1. a. A. pronom relatif ; b. B. conjonction de subordination.
2. a. Le chien <u>aboie</u> [quand une voiture passe]. = C. circonstancielle ; b. Léa <u>aimerait</u> [que tu viennes demain]. = A. complétive.

Page 8

1. a. faux (c'est l'inverse) ; b. vrai.
2. virent ; passait ; se dirigeait ; devait ; disparut ; entendirent.

Solutions

Page 9

1. passé composé = auxiliaire au présent + participe passé ; plus-que-parfait = auxiliaire à l'imparfait + participe passé ; passé antérieur = auxiliaire au passé simple + participe passé.
2. a. avons utilisé ; b. auras fini.

Page 10

1. a. discours indirect ; b. discours direct ; c. discours indirect libre ; d. discours direct.

Page 11

1. Ne parle pas si fort. Je n'y vois aucun inconvénient. Il ne fait ni chaud ni froid. Il finira bien par s'y faire.
2. a. s'y ; b. si ; c. s'y.

Page 12

1. antivol = qui permet d'empêcher le vol ; parasol = objet qui protège du soleil ; hémistiche = qui coupe le vers en deux moitiés égales ; hypermarché = très grand supermarché.
2. mythomane = qui a l'obsession d'inventer des histoires ; centimètre = mesure : centième d'un mètre ; polygamie = fait d'avoir contracté plusieurs mariages ; ploutocratie = pouvoir des riches.

Page 13

1. a. comparaison ; b. personnification ; c. allégorie ; d. métaphore.
2. a. antithèse ; b. antithèse.

Page 14

A. Les couleurs sont globalement **sombres**. Le rouge très **vif** du drapeau ressort particulièrement : cela crée un effet **de contraste**.
B. La lumière provient du **haut** du tableau.
C. Le tableau est construit **selon un schéma pyramidal**. **Le premier plan** est composé de personnages horizontaux, et de trois personnages

verticaux ; **l'arrière-plan** est composé, **à gauche**, d'une foule de personnages flous, et, **à droite**, d'une ville.

Page 15

La phrase complexe
Elle contient au moins deux propositions reliées par :

Juxtaposition
Deux propositions reliées par un signe de ponctuation.
Exemple : , ; :

Coordination
Deux propositions reliées par une conjonction de coordination ou par un adverbe.
Exemple : mais, ou, est, or, ni, car / donc, puis, alors, cependant

Mathématiques

Page 16

1. 18 : 1 – 18 – 2 – 9 – 3 – 6 ;
40 : 1 – 40 – 2 – 20 – 4 – 10 – 5 – 8.
2. Les nombres premiers sont : 29 – 71 – 157 – 167.
3. $88 = 2 \times 2 \times 2 \times 11$;
$300 = 2 \times 2 \times 3 \times 5 \times 5$;
$225 = 3 \times 3 \times 5 \times 5$.

Page 17

1. $A = -5 + 7 - (-4) - 8$; $A = -5 + 7 + 4 - 8 = 11 - 13 = -2$;
$B = -2 \times 6 \times (-5) = -12 \times (-5) = 60$;
$C = (-1)^{2022} = 1$ car il y a un nombre pair de nombres négatifs tous égaux à –1 ;
$D = -15 \div (-2) = 7{,}5$;
$E = \dfrac{36}{-9} = -4$;
$F = -6 + 4 \times (-9)$; $F = -6 + (-36) = -42$.

Page 18

1. $A = \frac{9}{13} - \frac{5}{13} = \frac{9-5}{13} = \frac{4}{13}$; $B = \frac{-7}{9} + \frac{5}{9} = \frac{-7+5}{9} = \frac{-2}{9}$;

$C = 1 - \frac{7}{3} = \frac{3}{3} - \frac{7}{3} = \frac{-4}{3}$;

$D = \frac{-7}{4} \times \frac{8}{21} = \frac{-7 \times 8}{4 \times 21} = \frac{-7 \times 2 \times 4}{4 \times 7 \times 3} = \frac{-2}{3}$;

$E = \frac{2}{3} \times \frac{9}{5} \times \frac{25}{4} = \frac{2 \times 9 \times 25}{3 \times 5 \times 4} = \frac{2 \times 3 \times 3 \times 5 \times 5}{3 \times 5 \times 2 \times 2} = \frac{15}{2}$.

Page 19

1. $10^7 = 10\,000\,000$;

$10^3 \times 10^5 = 10^8$;

$\frac{10^{-8}}{10^2} = 10^{-10}$.

2. $A = 3{,}45 \times 10^5 = 345\ 000$;
$B = 345 \times 10^{-3} = 0{,}345$;
$C = 5\ 428 = 5{,}428 \times 10^3$;
$D = 0{,}0753 = 7{,}53 \times 10^{-2}$.

Page 20

1. $A = 2a + 3b - 4$ lorsque $a = -4$ et $b = 10$:
$A = 2 \times (-4) + 3 \times 10 - 4 = 18$.
$B = 5x^2 - x + 2$ lorsque $x = 2$:
$B = 5 \times 2^2 - 2 + 2 = 20$.

2. a. $-3 + x = 2x - 7 \Leftrightarrow x - 2x = -7 + 3 \Leftrightarrow -1x = -4 \Leftrightarrow x = \frac{-4}{-1} = 4$;

b. $7x - 5 = 2x - 8 \Leftrightarrow 7x - 2x = -8 + 5 \Leftrightarrow 5x = -3 \Leftrightarrow x = \frac{-3}{5} = -0{,}6$.

Page 21

1.

Lieu	Fréquence (en %)	Mesure de l'angle (en °)
Mer	30	108°
Montagne	55	198°
Campagne	15	54°
Total	100	360°

2.

Notes	3	4,5	6	7,5	9
Effectifs	2	3	1	2	1

L'effectif total est de 9, donc la médiane correspond à la 5e valeur soit 4,5.

Page 22

1. Cette expérience possède 32 issues.
On a 4 chances sur 32 de tirer un As.
On a 8 chances sur 32 de tirer une carte de la famille Carreau.
On a 16 chances sur 32 de tirer une carte de couleur noire.

Page 23

1.

24	40
7,2	12

10	12
12	14,4

18	30
45	75

Les coefficients de proportionnalité sont 0,3 ; 1,2 et 2,5.
2. Montant de la réduction : 48,9 € ; Pourcentage correspondant : 30 %.
L'article subit une nouvelle réduction de 10 %. Nouveau prix : 102,69 €.
Quel est le pourcentage total de réduction par rapport au prix de départ ?
37 %.

Page 24

1. La mesure du côté [CD] est : 13,2 cm.
Le rapport de réduction pour passer du triangle CDE au triangle EFG est : 0,75.

La mesure du côté [EF] est de : 9,9 cm.
Le rapport de réduction pour passer du triangle ABC au triangle EFG est : 0,6.

Page 25

1. $0{,}9^2 = 0{,}81$; $\left(\frac{2}{10}\right)^2 = \frac{4}{100}$; $\sqrt{0{,}36} = 0{,}6$ et $\sqrt{\frac{144}{25}} = \frac{12}{5}$.

2. Dans le triangle BAM rectangle en M, d'après le théorème de Pythagore, on a : $[AB]^2 = [AM]^2 + [BM]^2$; soit $[AM]^2 = [5]^2 - [3]^2$.
Donc $AM^2 = 16$ et ainsi on obtient AM = 4 cm.

Page 26

1. Dans le triangle AGE, les droites (CD) et (EG) sont parallèles.

On a donc les égalités de Thalès : $\frac{[AC]}{[AE]} = \frac{[AD]}{[AG]} = \frac{[CD]}{[EG]}$, soit $\frac{[3,2]}{[AE]} = \frac{[AD]}{[AG]} = \frac{[4]}{[7]}$.

On obtient alors : AE = 5,6 cm.
Dans le triangle AFE, les droites (BC) et (FE) sont parallèles.

On a donc les égalités de Thalès : $\frac{[AB]}{[AF]} = \frac{[AC]}{[AE]} = \frac{[BC]}{[FE]}$, soit $\frac{[AB]}{[AF]} = \frac{[3,2]}{[5,6]} = \frac{[3]}{[FE]}$.

On obtient alors : EF = 5,25 cm.

Page 27

1. La pyramide ABCG est une pyramide à base triangulaire et de hauteur [GC].
La pyramide ACGD est une pyramide à base triangulaire et de hauteur [GC].
La pyramide ABCDO est une pyramide régulière à base carrée.

Page 28

1. Ce programme sert à calculer l'hypoténuse du triangle rectangle.
Compléter les cases vides de la ligne 6 du script : [Côté 1] et [Côté 2].
Compléter la case vide de la ligne 7 du script : [Carré de l'hypoténuse].

Compléter la case vide de la ligne 8 du script : [La longueur de l'hypoténuse est].

Page 29

Pavé droit :
$V = L \times l \times h$;

Cylindre :
$V = B \times h = \pi \times r \times r \times h$;

Sphère :
$V = \frac{4}{3} \times \pi \times r \times r \times r$;

Pyramide :
$V = \frac{B \times h}{3}$;

Cône de révolution :
$V = \frac{B \times h}{3} = \frac{\pi \times r \times r \times h}{3}$.

Histoire-géographie/EMC

Page 30

1. A.

2. A.

Page 31

1. B., C.

2. A.

Page 32

1. Faux. La prise de la Bastille est le symbole de la révolte victorieuse du peuple contre le pouvoir royal. Mais elle ne fait qu'accompagner la réforme de la monarchie voulue par l'Assemblée nationale.

2. Mai 1789 : réunion des états généraux par Louis XVI.
20 juin 1789 : serment du Jeu de paume.
14 juillet 1789 : prise de la Bastille.
Septembre 1792 : proclamation de la Ire République.
Septembre 1793-juillet 1794 : la Terreur.
1804 : instauration de l'Empire.

Page 33

1. A.

2. A., B.

Page 34

1. A.

2. Les Britanniques possèdent l'empire colonial le plus étendu au monde celui-ci s'étend en Amérique (avec sa présence au Canada), en Afrique (avec l'Égypte), en Asie (dans les Indes britanniques). Les Français sont essentiellement présents sur le continent africain et, dans une moindre mesure, sur celui de l'Asie. L'Algérie, Madagascar et l'Indochine sont des colonies françaises parmi les plus étendues.

Page 35

1. B.

2. Des crises et des faiblesses : instabilités ministérielles ; scandales politico-financiers ; affaire Dreyfus. / Un enracinement et des avancées : extension du droit de vote ; liberté de la presse ; école publique, laïque, gratuite ; loi de 1905.

Page 36

1. Faux **2.** Faux **3.** Vrai

Page 37

Monarchie absolue

- Le pouvoir émane du roi. Il est le seul décideur, aidé par des conseillers et les parlements du royaume.
- Mais l'autorité royale est limitée par des lois et coutumes, comme le respect du catholicisme.

Monarchie constitutionnelle

- Le 20 juin 1789, des députés des états généraux se proclament Assemblée nationale : c'est le serment du Jeu de paume.
- Dès lors, le roi voit ses pouvoirs partagés avec une assemblée de représentants élus.

Empire

- Le Premier et le Second Empire reposent sur une constitution confiant la direction de l'État à un empereur.

• Il dispose d'une autorité étendue et supérieure aux pouvoirs confiés aux assemblées des représentants.

République
• Les constitutions républicaines confient les pouvoirs à un ensemble de représentants désignés ou élus par des électeurs.
• Le pouvoir exécutif peut être confié à un président ou à un ensemble de représentants.

Page 38

1776	Déclaration d'indépendance des États-Unis.
1789	Début de la Révolution française.
26 août 1789	Déclaration des droits de l'Homme et du citoyen.
1792	Entrée en guerre de la France révolutionnaire.
1799-1814/1815	Napoléon Bonaparte au pouvoir.
1870	Chute du Second Empire/Proclamation de la IIIe République.
1882	Jules Ferry et l'école gratuite, laïque et obligatoire.
1894-1906	Affaire Dreyfus.
1900	Exposition universelle de Paris.
1905	Séparation des Églises et de l'État.

Page 39

1. C.

2. C.

Page 40

1. Faux. C'est l'activité économique, l'attractivité ou l'influence de la ville qui la caractérisent comme ville-monde.
2. Faux. Detroit, Liverpool et un certain nombre de villes situées dans les régions en difficulté économique voient leur population diminuer.
3. Faux. Car la mégalopole est une région urbaine.

Page 41

1. D.

2. C.

Page 42

1. A. b. ; B. a. ; C. c.

2. B.

Page 43

1. B., C.

2. B.

Page 44

La littoralisation
En raison de l'importance prise par le transport maritime dans les échanges mondiaux de marchandises, les activités humaines tendent à se déplacer vers les littoraux ou à s'y créer.

La métropolisation
C'est la concentration croissante de la population et des activités dans de grands centres urbains. Les villes accueillent une part de plus en plus importante de la population du pays.

La maritimisation
C'est l'attraction des États pour les mers et océans. Elle accroît l'exploitation des richesses maritimes.

Page 45

Fixe les règles de fonctionnement de la société > La société se définit comme l'ensemble des individus vivant ensemble. > Pour régir les relations, il faut des règles fixées par les lois.

Me protège et protège les autres > Dans la société, les individus sont différents et plus ou moins fragiles. > La loi permet de protéger tout le monde afin que chacun puisse profiter de sa liberté.

Punit, sanctionne, commande > Dans la société, certains comportements menacent d'autres membres. > La loi rappelle à l'individu coupable comme à la société ce qui est acceptable et ce qui ne l'est pas.

Sciences

Page 46

1. A.
2. transformation physique : 1, 4 ; transformation chimique : 2, 3, 5.

Page 47

1. B.
2. force d'attraction de la Terre sur l'homme ; force de l'élastique sur l'homme ; force de l'air sur l'homme.

Page 48

1. A. (une seule boucle)
2. C.

Page 49

1. B., C.
2. A.

Page 50

1. C. Un risque sismique est déterminé en fonction de l'aléa, du degré de vulnérabilité et du site.
2. La faille normale correspond à une extension, la faille inverse à une compression et la faille transformante à un décrochement.

Page 51

1. C. Les organes ont besoin de dioxygène apporté par la respiration et de nutriments apportés par l'alimentation, et rejettent du dioxyde de carbone.
2. B. Les végétaux chlorophylliens réalisent la photosynthèse à partir d'eau (avec sels minéraux), de dioxygène et d'énergie lumineuse et produisent leur matière organique et du dioxygène.

Page 52

1. Les spermatozoïdes sont produits dans les tubes séminifères et stockés dans l'épididyme. Ils passent par les canaux déférents et sortent par l'urètre lors de l'éjaculation. L'uretère ne fait pas partie de l'appareil reproducteur puisqu'il conduit l'urine du rein à la vessie. La prostate participe à la production du liquide séminal, mais n'est pas un lieu de passage des spermatozoïdes.

2. Les spermatozoïdes passent par le vagin, le col de l'utérus, l'utérus et rejoignent l'ovule dans les trompes de Fallope. Ils n'accèdent pas aux pavillons et ovaires.

Page 53

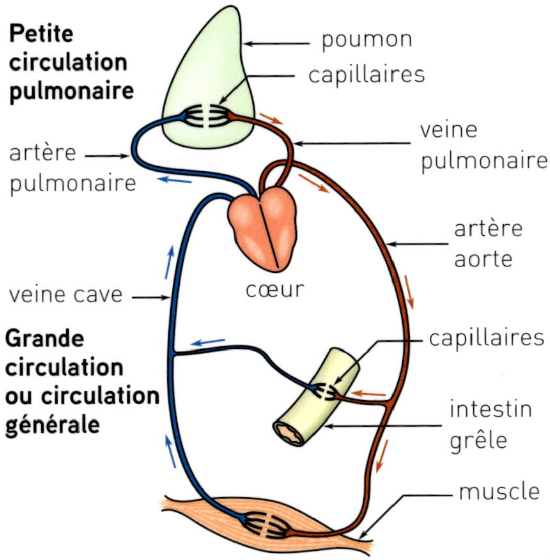

Page 54

1. B. et C. Les grandeurs sont dans la même unité, donc 1 cm sur la carte vaut 250 000 cm en réalité, soit aussi 2,5 km.

2. A. Échelle > 1 donc c'est un agrandissement, le plan est plus grand que la réalité.

Page 55

1. C. Or, tous les cours d'eau sont déjà exploités et il est difficile de créer de nouveaux lacs de barrage, la France doit donc diversifier sa production avec l'éolien, le photovoltaïque…

2. B. et D. L'énergie électrique n'est pas une source d'énergie. L'énergie éolienne est renouvelable.

Page 56

1. A. Un capteur sert à acquérir l'information, par exemple une position.
2. D. C'est bien une batterie que l'on recharge pour stocker l'électricité.

Page 57

1. Le routeur ou modem.
2. Le switch, tous les câbles y sont branchés, ainsi que les bornes WiFi.
3. La topologie en étoile, autour du switch.
4. L'adresse IP, Internet Protocol.